AF277590

EL HOMBRE QUE ENSEÑABA A LEER

MIGUEL ÁNGEL BUJ

LETRAS DEL AÑO NUEVO 2025

Miguel Ángel Buj

El hombre que enseñaba a leer

Ilustraciones de
David Adiego

Letras del Año Nuevo
2025

© Miguel Ángel Buj, 2024

© De esta edición:
IEA / Diputación Provincial de Huesca

Letras del Año Nuevo
n.º 19

Director de la colección:
José Ángel Sánchez Ibáñez

Coordinación editorial y corrección:
Teresa Sas

Diseño gráfico:
Isidro Ferrer

Ilustraciones:
David Adiego

ISBN:
978-84-8127-344-1
Thema:
FBA
DL:
HU-176/2024

Imprime:
Gráficas Alós

IEA / Diputación Provincial de Huesca
Calle del Parque, 10
E-22002 Huesca
Tel. 974 294 120

www.iea.es
publicaciones@iea.es

El doctor Moranda era conocido entre sus pacientes por lo certero de sus diagnósticos y la delicadeza de sus comentarios.

—En pleno siglo XXI, y a un año de cumplir los sesenta, no se puede ir por la vida detrás de una tripa como la suya.

Tras unos segundos de silencio, añadió lanzando una mirada asqueada a la panza de Rafael:

—No pretenderá seguir vivo mucho tiempo, ¿verdad?

Rafael Gardona tenía esa aspiración, como lo probaba su presencia en la consulta para tratarse un catarro. Quizá por eso no se fijó tanto en los modales del doctor como en su pronóstico y, apenas salió a la calle, se detuvo ante el escaparate de la tienda de deportes aledaña.

—Un nuevo gordo de Moranda —juzgó, con tino, uno de los dependientes.

—Aún no tiene cara de atreverse a entrar —respondió su compañera—. Ni sabe lo que está mirando. Está pensando que tiene que hacer algo, pero todavía no sabe qué. Deberíamos poner una sección de tallas grandes, porque acabará en un gimnasio y lo único que comprará, aquí o donde sea, será ropa, ya lo verás.

Se equivocó. Rafael Gardona, que suponía los gimnasios llenos de gente joven, atlética y despampanante, era demasiado tímido para acabar sudoroso y medio moribundo, tras cinco abdominales, en medio de tantos figurines. Quizá alguna vez, si llegaba a quitarse los kilos suficientes, completaría la metamorfosis en apolo en alguno de aquellos centros, pero entretanto, como no era probable que tal milagro llegara por sí solo, salió a pie a buscarlo.

De este modo comenzó sus caminatas de una hora al día y más de dos los fines de semana. Solo en las jornadas de lluvia se concedía descanso, y no en todas. De lunes a viernes aprovechaba los paseos para callejear por rincones desconocidos o realizar pequeñas compras en un hipermercado de las afueras. Sábados y domingos, en cambio, era capaz de alcanzar objetivos situados a más de seis kilómetros de su casa. Así empezó a frecuentar el nunca muy concurrido Parque Norte, inocua denominación dada por el Ayuntamiento a lo que todo el mundo en Santa Clara conocía como *parque del cementerio*, por lindar con el camposanto.

En Santa Clara, al igual que en casi todas las localidades patrias, políticos, periodistas, promotores y constructores llamaban *desarrollo* urbanístico a lo que más merecía el nombre, siendo piadoso, de *subdesarrollo*: tal era el cuentagotas con que la oferta se resistía a satisfacer la demanda a corto y medio plazo para que no dejaran de subir los precios de los solares. Este término era desafortunadamente afortunado cuando se observaba a vista de pájaro la última ampliación de la ciudad, que concluía allí donde antes o después irían a *alojarse* todos sus habitantes. El estrecho parque por su extremo norte oxigenaba las tumbas, y por el sur, las tímidas construcciones finales, entre las que no acababan de germinar las viviendas. No había demasiados santaclarenses entusiasmados con la idea de regar geranios con vistas al cementerio. Pero sí era el Parque Norte destino habitual de caminatas al alcance de los andarines menos deportistas y más reacios a asumir el riesgo de tropezar con piedras, raíces, baches, rodadas y demás penalidades con que los caminos suelen castigar a los caminantes.

Hasta allí había comenzado a arribar cada sabatina mañana, por la nueva acera con flamante carril bici de un mustio color grana, Rafael Gardona. Alcanzado el pequeño estanque de aguas verdosas donde se envenenaban cuatro patos, molía con sus posaderas cualquiera de los bancos diseminados bajo los árboles. Allí descansaba y leía algún librito. Los seleccionaba en función de su tamaño y daba prioridad a los que le cabían en el bolsillo, criterio no muy literario pero sí práctico: no era cuestión de hacer del ejercicio un acto de transporte ni de dedicar a la literatura otros esfuerzos que los mentales.

Así, bajo un castaño de Indias sufrió el repelús de ver a Gregorio Samsa convertido en un bicho tan asqueroso como los que de vez en cuando cruzaban con parsimonia de un parterre a otro. Hemingway hizo picar a un pedazo de pez en el anzuelo del viejo Santiago para que Rafael, a la sombra de un almez, presenciara el épico combate. Y bajo un ciruelo japonés se debatió este, con los ojos húmedos, entre la compasión, la esperanza y la indignación cuando Steinbeck le contó la historia de la perla de Kino. Menos conocidos pero más adecuados al paseo por sus dimensiones, y además entretenidos, fueron varios libros de la colección Letras del Año Nuevo que no recordaba muy bien cómo habían llegado a su poder. «Es curioso —pensó Rafael más de una vez— cómo puede felicitarse el año nuevo con las peripecias, sensatas o estrafalarias, de un personaje». Pero, en el día de diciembre del que vamos a ocuparnos, su libro, aunque de similares dimensiones, nada tenía que ver con esa colección. Se trataba del *Manifiesto por la lectura* de Irene Vallejo, un emotivo y profundo canto redactado a iniciativa de los editores españoles para pedir un pacto por la lectura y el libro.

Al llegar al punto final, Rafael, habitualmente de un suave humor juguetón pero muy impresionable, estaba emocionado. Los argumentos esgrimidos en las páginas de aquella pequeña gran obra eran inapelables y le habían llegado al corazón sin encontrar, de puro diáfanos, ni la más mínima oposición en el cerebro. ¿Cómo la multitud no leía aquel texto y se lanzaba a leer y a leer y a exigir el pacto reclamado? ¿Cómo nadie hacía la revolución? ¿Cómo no había ya una legión de políticos prometiendo libros y luces para todos? Era inexplicable, de no ser por la triste certeza de que ya no hay libro que no sea lectura de minorías y por el resquemor de que pocos de los invitados a pactar habían llegado a leer el *Manifiesto*, y aún menos a darse por aludidos.

Sin embargo, más allá de esa impotencia Rafael estaba conmocionado, por no decir medio alelado. La impresión recibida en nada se diferenciaba de un bofetón que lo hubiera hecho aparecer en otro planeta. Él, Rafael Gardona, acababa de *escuchar* a una autora que no estaba allí, a su lado, en el Parque Norte, sino vete a saber dónde y haciendo qué. De igual modo que a lo largo de su vida —ahora se daba cuenta— había *escuchado* la voz de seres humanos concretos hacía siglos desaparecidos y que se expresaban en infinidad de lenguas, algunas tan muertas como ellos mismos: Cervantes, con el tono de los amigos confianzudos pero respetuosos, le había revelado las aventuras de su chiflado caballero; Clarín le había chismorreado hasta los últimos entresijos de la vida de Ana Ozores y de toda Vetusta; dos mil años antes, Séneca le había dado consejos sobre cómo envejecer con dignidad... Bueno, podía poner infinidad de ejemplos. ¡Incluso había hecho *turismo histórico* en la batalla de Waterloo con Víctor Hugo como guía!

Solo entonces, en ese preciso instante, comprendió que todos aquellos autores sagrados se habían dirigido personalmente a él, al insignificante Rafael Gardona, aunque en el momento de escribir ni siquiera pudieran ponerle cara o nombre o prever su existencia.

¡Vaya artefacto, el libro! Capaz de poner en contacto a seres humanos más allá de la muerte y de toda frontera, de toda época y de toda lengua. Cierto que el lector no podía contestar al autor, pero era evidente que este, por más muerto que estuviera, sí se dirigía a él. El mero hecho de escribir una página le pareció de pronto a Rafael un acto revolucionario: con él podía decirles lo que le diera la gana a todos los seres humanos vivos y por vivir. Era impresionante. En realidad, juzgándolo por sus efectos, un libro era un objeto milagroso e inexplicable. Recordó entonces el discurso de Vargas Llosa al recibir el Nobel de Literatura en 2010. El día en que, tras una vida dedicada a la literatura, el autor peruano había podido dirigirse al mundo desde el balcón del olimpo inició su intervención recordando al hermano Justiniano, el profesor de La Salle que le había enseñado a leer en Cochabamba, en Bolivia, allá por 1941. Con la segunda frase añadió que aprender a leer era lo más importante que le había pasado en la vida.

Todas estas reflexiones y recuerdos habían seguido emocionando a Rafael hasta convertirlo en un flan. Y no lo decimos porque al levantarse del banco sus lorzas vibraran suavemente, sino porque le temblaron las piernas. La conciencia de pertenecer a la comunidad cuyos miembros se comunicaban entre sí a través de los siglos acarreando entre todos el progreso de la humanidad le había producido un efecto parecido al de pimplarse un litro de vino peleón sin respirar. Aturdido, pero eufórico, debió mirar en derredor para localizar la fuentecilla en la que solía beber antes de emprender el regreso a casa. Y hoy necesitaba beber, beber mucho, porque la impresión le había secado la boca. Otros días hubiera usado el término *hidratarse*, pero en aquel momento *bebía* porque era un lector atemporal y no un urbanita rociado de consejos de *influencers* y artículos sobre cómo llevar una vida sana.

El vistazo con que buscó la fuente le hizo reparar en el anciano que, a mínimos pasitos auxiliados por un bastón, acababa de alcanzar un banco al sol bajo un enorme olmo pelado. Mejor dicho, el olmo, el único habitante del antiguo descampado que había resistido el ímpetu urbanizador. El arquitecto se había apiadado de él por su grandeza, y en parte por habilidad y en parte por la chiripa de su localización el árbol había quedado, rodeado de bancos, en el centro de una placeta circular en la intersección de los dos principales viales del parque. «¡Un olmo!», se dijo Rafael. ¿Cómo no pensar en Machado, aunque aquel árbol en Santa Clara estuviera bastante más pimpante que el soriano al que cantó el poeta, ya solo un tronco medio podrido y comido por la carcoma? En este punto Rafael Gardona volvió a quedar turulato, presa de emociones tan intensas que no atinaba ni a decir su propio nombre: el olmo, Machado, Vargas Llosa y el padre Justiniano, Cervantes, Dulcinea, Sancho, Ana Ozores, Jean Valjean y... ¡Y aquel anciano bajo el olmo era don Celso, el profesor que le enseñó a leer allá por 1968! ¡Qué casualidad! ¡Qué momento glorioso! ¡Qué oportuno azar! Porque ¿alguna otra vez podría dar las gracias a aquel anciano con una conciencia más lúcida de sus motivos para hacerlo?

Según pensaba esto se había acercado a él, sin saber si andando o levitando. Poco antes de alcanzar el banco, aminoró el paso y observó a su viejo maestro. Era él, sin duda, pero cincuenta y tantos años habían quedado atrás y aquel hombre debía de rondar los noventa. Quizá la decrepitud le hubiera impedido reconocer al antiguo joven profesor de treinta y pocos, pero no su semblante.

—Buenos días, don Celso. —Y como vio que el anciano abría los ojos, sorprendido, se apresuró a añadir con una sonrisa que unió sus dos orejas—: Usted fue profesor mío, usted me enseñó a leer.

—¿Ah, sí? —contestó el anciano, mezclando un gesto de agrado con otro que anticipó sus siguientes palabras—: Pues me alegro. Pero espero que me perdones, porque no te reconozco. He tenido tantos alumnos y han pasado tantos años…

La tasación incluida en la mirada de don Celso añadió al menos un lustro al DNI de Rafael. Pero a este no le importó. Seguía subyugado por la lectura del *Manifiesto* y ufano junto a aquel simpático viejecillo —y adorable, y encantador, y cautivador, y fascinante— que había hecho de él una pieza más de un mundo maravilloso. En respuesta al hombre que le enseñó a leer, se limitó a responder:

—Pues sería en 1968 o 1969.

El anciano enarcó las blancas cejas y, con la vista perdida, meneó la cabeza afirmativamente, como si estuviera viajando hacia aquellos años e intentando localizar dónde paraba entonces.

—En el Colegio del Pilar —afirmó con vocecilla algo más clara.

—Así es —respondió Rafael—. Yo vivía cerca, en la urbanización San Lucas, la de los ferroviarios.

El dato hizo alzar una ceja al anciano, y alzó también la otra para preguntar:

—¿Cómo has dicho que te llamas?

El niño sesentón sonrió para decir:

—Rafael Gardona Miéramo.

Aún no había terminado de pronunciar su nombre cuando el amable gesto de Rafael se transformó en otro de incredulidad. En la cara del anciano había surgido una rotunda sonrisa, y además, aunque Rafael lo ignorara, firmada por uno de los más afamados odontólogos de la ciudad:

—¡Gardona Miéramo! ¡Rafaelito! ¡Qué barbaridad, cuánto tiempo sin verte! Parece mentira, en una ciudad tan pequeña. Porque ¿vives aquí, has estado siempre aquí? —Y sin dar tiempo a Rafael más que a asentir añadió—: ¿Y tu madre cómo está? —Y el rostro del anciano saltó de la alegría a la inquietud—: ¿Aún vive?

Tan pronto como había identificado al hombretón, don Celso había recordado por enésima vez en su vida aquella tarde de finales de los años sesenta. La luz que caía sobre los alumnos en estampida le recordaba a Sorolla, y como la hora de salida no cambiaba con la estación volvió a situar los hechos en noviembre o diciembre, quizá enero. En medio del patio varios grupos de madres esperaban el desembalse de churumbeles. Su vista de joven profesor aliviado por el fin de la jornada vagaba por el patio cuando se fijó en un grupillo formado por tres o cuatro mujeres. Una de ellas, por su belleza y su porte,

lo dejó patitieso. Y cuando se fijó un poco más aumentó su pasmo.
Y así media docena de veces hasta quedar fascinado y con expresión de besugo.

—¿Quién es la de la falda roja? —preguntó en voz queda al colega que acababa de llegar a su lado tras devolver al estado salvaje a treinta y ocho niños que aullaban y corrían escaleras abajo como si fueran a invadir Santa Clara.

—La madre de uno de tu clase: Rafael Gardona.

—¿Seguro?

—Claro. Es muy amigo de uno de los míos, Andrés López. Son vecinos, van juntos a todas partes. La madre de Andrés es la de al lado de la de Rafael, la de la chaqueta marrón.

Rafaelito no era un zoquete, pero tampoco prometía ser una eminencia. Se despistaba a menudo, se encandilaba con ensoñaciones imposibles de descifrar y, a sus cuatro o cinco años, más de una vez se había quedado dormido con la cara apoyada en el pupitre, los brazos colgando y un hilillo de baba humedeciendo la cartilla. Pero, de no haber sido por aquel atardecer con mamá con falda roja, Celso no le hubiera prestado más atención de la que le había dedicado hasta entonces: ni mayor ni menor que al resto de alumnos. Sin embargo, el recuerdo de aquella portentosa mamá hizo al profesor fijarse constantemente en la criatura. Así advirtió que Rafael había avanzado a un ritmo ligeramente inferior a la media. Bueno, más o menos: nada extraño, si lo hubiera pensado bien, y más a esas edades en las que pocos meses arriba o abajo en este mundo implican tantas diferencias. Pero Celso, sin él saberlo, necesitaba un problema que resolver para regalar la solución

a la mamá. Una vez diagnosticado de buena fe, creyó oportuno
concertar una cita. Debía informar a la madre de la preocupante
evolución de su niño y, por supuesto, quitarle de encima el peso
de la responsabilidad: él velaría personalmente, con lo mejor de
su persona —no se lo supo decir mejor a sí mismo—, para que el
niño recuperara la ventaja que otros le llevaban.

Por la mente del anciano sentado bajo el olmo cruzó el incómodo recuerdo de la inquietud que, durante los días siguientes,
lo había corroído casi sesenta años atrás: ¿y si a la cita convocada
mediante una nota en el cuaderno de Rafaelito no acudía la madre, sino el padre?, ¿y si acudían los dos? Aquel resquemor, vuel-
to ahora a la vida tantas décadas después, algo tenía que ver con
un saldo pendiente en su conciencia. Porque entonces, cuando ya
no podía dar marcha atrás a la cita, enseguida había comprendido
las verdaderas razones de su acción.

«¿Alguien me enseñó a pensar antes de actuar?», se censuró el
anciano. Y luego recordó aquel primer encuentro con la mamá de
Rafaelito, y el momento en que la puerta se abrió y… ¡Qué encan-
to era Miranda Miéramo! ¡Qué ojos! ¡Qué labios! ¡Qué rostro!
¡Qué silueta! ¡Qué sonrisa! ¡Qué voz tan sugerente, mezcla de
ángel y demonio! ¡Qué volúmenes! ¡Qué luz desprendía! ¿Luz?
¡Magia! ¡Y qué educación! ¡Qué humor, discreción, amabilidad
y saber estar!

«¡Qué imbécil!», había añadido, refiriéndose a Celso, su mejor
amigo cuando el joven profesor le había relatado el encuentro.

—Estás tonto, Celso.

—Fue un flechazo. Y la entrevista, un cañonazo.

—Sí, ya. ¿No será que hace un año que no te comes una rosca?

—No, no, en serio.

—Da igual. Estás tonto, no puedes echarles los tejos a las madres de tus alumnos.

Su amigo tenía razón. Pero la diferencia entre *tejos* y *anzuelos* era una vía a analizar, quizá abriera puertas a la esperanza.

—Además, te arriesgas a que su marido te dé dos hostias bien dadas.

El interés con que el anciano profesor lo miraba bajo la luz ajedrezada por el ramaje trajo a la mente de Rafael imágenes fragmentarias del joven maestro. Con paciencia y una amabilidad lindante con la dulzura el treintañero don Celso se inclinaba sobre su pupitre y, en voz baja, le ayudaba a hilar sílabas, a pronunciar correctamente las consonantes poniendo la lengua así o asá, a enlazar letras con el lápiz formando sus primeras palabras... A menudo le hacía preguntas cuyas respuestas merecían sonrisas si eran acertadas y, en caso contrario, nunca reprimendas.

Recordó también Rafael cómo esa atención le hacía sentirse importante, y más cuando adivinaba en la mirada de sus compañeros cierta precavida envidia. Un día, después de varias semanas disfrutando de las atenciones del profesor, Rafael había hecho una excursión clandestina hasta la última página de la cartilla. Y allí, ¡oh, sorpresa!, como por ensalmo había leído sin dificultad su primer texto completo. ¡Cuánto había recordado la emoción de leer aquella última página, de recibir aquel premio que culminaba su aprendizaje! Más o menos por entonces, en algún momento, el lápiz había comenzado a ensamblar con soltura letras y sílabas formando primero palabras y enseguida frases inteligibles.

Rememoraba la satisfacción del triunfo, la ausencia de miedo al error, la recompensa de la sonrisa del profesor y el modo en que alguna vez, como felicitación, don Celso le había alborotado la coronilla. Ciertamente aquel anciano había sido un excelente maestro, le había hecho perder el miedo al aprendizaje y a las letras. De allí a amarlas solo había habido un paso, un pasito, el de un niño de cuatro o cinco años. ¡Pero qué lejos lo había llevado!

Por fortuna para Rafaelito, no era tan torpe como el deseo de conocer a su madre había hecho suponer a don Celso. Más bien era un alumno normal que gracias a la ayuda de su maestro, y a juzgar por los resultados, ahora se contaba entre los más espabilados de la clase. Pero que el joven Celso considerara este logro un éxito no estaba tan claro. Los rápidos avances del niño habían causado cierta desazón en el platónico enamorado. Iba a perder la excusa para volver a citar mil veces a ese luminoso pedazo de amanecer andante llamado Miranda. ¿Pudiera ser que el éxito del discípulo condujera al fracaso del maestro? Es lo que temía, pero pronto se consoló entregándose a la lógica: ninguna madre agradecería al profesor que le devolviera un crío tan obtuso como un pedazo de corcho, pero ¿cuál no se entusiasmaría al ver a su retoño emparentado con Einstein? La luminosidad de la sonrisa de Miranda Miéramo quintuplicaría la velocidad de la luz.

La entrega del *regalo*, que para un hombre decidido hubiera sido un sencillo trámite, supuso una nueva aventura para un timorato como Celso, quien, por fortuna para él, no había perdido por completo la prudencia. No podía preocupar a una madre revelándole que el rendimiento de su niño era bajo y llamarla al poco tiempo para comunicarle que el renacuajo había evolucionado a sabio. No, la inteligencia no se desarrollaba por arte de birlibirloque, debía ser cauto. Así fue como, temiendo que Miranda Miéramo descubriera su ardid, y consciente de no tener motivos para citarla una vez solucionado el *problema*, sin advertirlo dejó pasar los días y postergó la segunda entrevista hasta final de curso. Cada minuto que pasara —se consolaba—, Miranda creería que lo había dedicado a Rafaelito. Luego, cuanto más tiempo transcurriera, más agradecida le estaría.

Era junio, pero Miranda Miéramo había llegado como irrumpe la primavera. El cuchitril habilitado como despacho donde los profesores recibían a los padres parecía a punto de reventar, incapaz de contener tanta hermosura. El joven Celso, nervioso como un macaco en celo, estaba seguro de que por el quicio de la puerta rebosaban fulgores mágicos, de que algo prodigioso iba a suceder si permanecía junto a aquella mujer en tan estrecho espacio tan solo un segundo más... Y suerte que no explotó todo, profesor, mesa y planeta incluidos, cuando Miranda sonrió ante la noticia de que Rafaelito había concluido su primer curso como uno de los chicos más pitos del aula. «¡Madre del amor hermoso!», pensó don Celso cincuenta y tantos años después bajo el olmo pelado, iluminado por un sol chuchurrío en comparación con aquella sonrisa: «¡Cómo olvidar aquel rostro! ¡Qué bien le sentaba el orgullo a Miranda!».

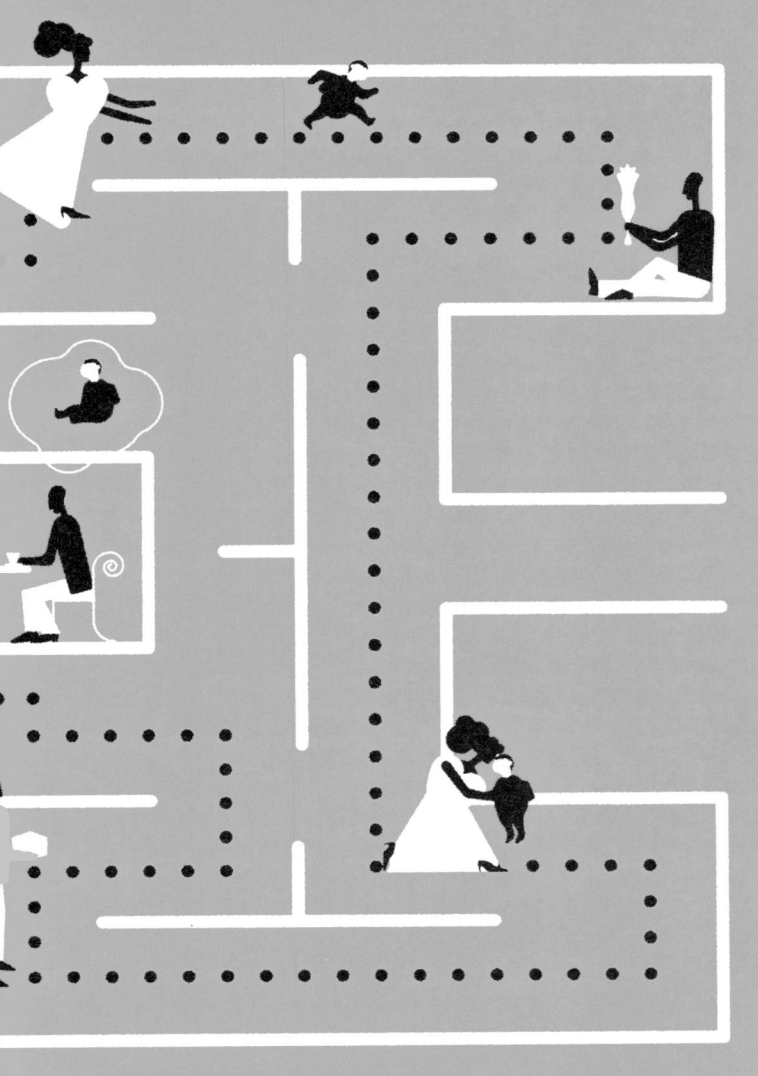

—¿Así que no le has dicho nada? —le preguntó su amigo.

—¿Qué le iba a decir? Solo que el niño es tan avispado que sería bueno que, para no desperdiciar su talento, los profesores le sigan prestando atención.

—¡Vaya trola! ¿No me dijiste que igual la invitabas a tomar algo para celebrar el *logro* del mequetrefe?

—Sí, pero no me he atrevido.

Cualquier observador imparcial —esto es, toda Santa Clara excepto don Celso— habría afirmado que Cupido había hecho diana en el joven profesor solo para torturarlo, pues no había atinado a matar dos pájaros de un tiro y Miranda ni se acordaba de él. Pero el maestro no se la quitaba de la cabeza y, lo que es peor, con cada pensamiento que le dedicaba se convencía más y más de que la atracción era mutua, si bien obstaculizada por evidentes circunstancias personales, sociales y profesionales: él no debía coquetear con la madre de ningún alumno, y ella, como la mujer casada que sin duda era, tampoco podía permitirse según qué libertades. De ahí su prudencia, su discreción y su recato. ¡Ah, cómo le dolió el amor a Celso aquel verano!

Caminó y caminó y paseó y paseó para hacerse el encontradizo. ¡Y mira que llegó a averiguar —tampoco hacía falta ser Sherlock Holmes— qué tienda de ultramarinos frecuentaba Miranda! Hasta llegó a toparse con ella cuatro veces a lo largo de aquellos interminables meses. Pero en la primera la beldad, cargada con una pesada bolsa de redecilla llena de compra, pasó de largo sin más que desearle buenos días con voz de sirena, dejando al profesor plantado y con el saludo en la boca. En la segunda sí se detuvo, respondió amablemente a la pregunta de cómo estaba Rafaelito y acto seguido salió pitando, arguyendo que la esperaba su hermana. En la tercera, tras un largo minuto de encuentro banal que desafió la osadía del maestro, el temple de Celso se vino abajo, y con él la conversación, cuando Miranda, queriendo ser atenta, le hizo notar que llevaba una mancha de tomate frito en la comisura de los labios. Y en la cuarta Miranda le informó, muy alegre, de que Rafael había pasado el verano leyendo tebeos, tras lo cual le dio las gracias y se marchó a iluminar otros mundos.

Claro que, durante aquellos meses de ensoñación y paseos, al menos el joven Celso había adoptado alguna cautela.

A punto de contestar a la pregunta de si su madre estaba viva, Rafael Gardona dejó en el banco, entre él y su viejo profesor, el *Manifiesto por la lectura*. Bastó ese gesto para despistar al anciano, que instintivamente preguntó el título. Rafael sonrió. Se lo dijo contento porque el hombre que le había enseñado a leer reparara precisamente en esa lectura, y en ese instante revivió su alegría, tantos años atrás, al comenzar el segundo curso en el colegio. ¡No era don Blas, con su fama de bruto y gruñón y de repartir bofetones!, ¡era don Celso!, ¡don Celso volvía a ser su profesor!

Un manto de buen humor había excitado y puesto a parlotear a los casi cuarenta chiquillos.

En el aula contigua don Blas contemplaba con suspicacia a sus nuevos alumnos, los de primero. Ellos lo observaban muertos de miedo a causa de la terrible reputación que lo precedía. Ni uno solo de aquellos renacuajos se atrevía a moverse ni a hacer nada, porque aún no sabían ni dibujar un palote. Parecía mentira que tan solo un

año menos de edad pudiera suponer tan gran salto de incompeten-
cia. Acostumbrado a mocosos que ya sabían leer y más o menos
escribir, le iba a costar adaptarse a las necesidades de aquel hatajo
de pequeños analfabetos. Eso le pasaba —se dijo don Blas— por
buena persona, por acceder a la extravagante solicitud, cuajada de
argumentos endebles, que el imberbe de Celso había hecho al director. ¿Qué tripa se le habría roto para querer dar clase en segundo como si le fuera la vida en ello?

—¿Tu madre…?
—Este libro es el *Manifiesto por la lectura* de Irene Vallejo
—había interrumpido Rafael Gardona la insistencia del anciano,
acompañando su alegría y sus palabras con un gesto que dio a en-
tender la magnitud de la fronda oculta en tan pocas páginas—.
Mario Vargas Llosa, cuando le dieron el Nobel, confesó que lo
más importante que le había pasado en la vida fue aprender a leer
y recordó al maestro que le había enseñado. Cada vez que oigo
esta anécdota me acuerdo de usted. Así que encontrármelo justo
al acabar de leer este libro ha sido como una señal —afirmó, pal-
meando el pequeño volumen—. ¡La ocasión para darle a usted las
gracias! ¡Qué importante es para cualquier niño tener un buen
profesor!

Don Celso, aturullado y emocionado, respondió con temblo-
rosas palabras de gratitud y los ojos húmedos.

¡Oh, Dios mío, qué felicidad!
Las clases están a punto de empezar, pero los niños todavía
bullen en el patio como una plaga de langostas. El responsable

del ciclo pronto hará sonar el silbato. Así disolverá el *totum revolutum* y obrará el prodigio de formar a cada clase en una doble fila presta a dirigirse en orden militar a las aulas. Él está hablando en un corrillo de profesores. Golpea los pies contra el suelo para combatir el frío invernal, y entonces, de pronto, como si alguien o algo lo hubiera avisado —¿qué sino las vibraciones del amor?—, levanta la vista y allá por el fondo llega ella con Rafaelito al lado. Viste la falda roja bajo un abrigo abierto y camina deprisa, hacia él. Celso sale a su encuentro con una sonrisa que no puede disimular. Miranda le devuelve otra preocupada. El niño... tiene diarrea. Por suerte, como no ha comido nada desde la tarde anterior, no le puede quedar mucho en las tripas. Quizá hubiera debido permanecer en casa, pero hoy ella está ocupada y no puede dejarlo solo. ¿Será él tan amable de estar atento por si...?

—¡Claro, claro! ¡Por supuesto! ¡Faltaría más! —Jamás la amenaza de una cagalera fue recibida con tanto alborozo.

El joven Celso entró al aula esperando el apretón de Rafaelito como don Quijote los gloriosos combates cuya victoria ofrendar a su inmortal amada. Y la amada de Celso, mil dulcineas juntas, no pudiendo aspirar a mayor gloria que la de un hijo a salvo, sin duda lo recompensaría de modos tan deleitables que el pobre caballero ni se atrevió a imaginar.

Las tripas del niño, sin embargo, sabotearon aquel heroico destino. Rafaelito estuvo tranquilo, un poco paliducho, pero ni siquiera tuvo necesidad de orinar y hasta jugó con normalidad en el recreo. Bueno, tampoco era para quejarse. Celso no podría arrogarse ningún mérito, pero mejor

devolver el infante fresco como una lechuga que macilento
y exprimido.

A la salida, localizó a Miranda Miéramo en el patio antes que el propio Rafaelito. El joven maestro acompañó a su incómodo alumno —¿qué hacía el profesor a su lado?— para informar a la mamá de que su retoño parecía ya en perfecto estado, aunque algo cansado y un poco débil.

—Si quiere los puedo llevar a casa, tengo el coche aquí al lado —añadió con una audacia que hasta aquel momento había desconocido poseer.

—No, no. Muchas gracias, pero no se moleste.

—¡No, si no es molestia!

Lo anunció con tal entusiasmo que le había faltado clamar que quería hacerlo por placer. O, más que por placer, ¡casi por vicio! Y Miranda se tendría que haber percatado, porque tonta no era —se había dicho Celso el resto de su vida—. En cualquier caso, entre la alegre contundencia del profesor y la mala cara de Rafaelito, que Miranda atribuyó a las maltrechas tripas y no a la incomodidad de mostrarse ante su madre junto al profesor y ante el profesor junto a su madre, la mujer aceptó con gesto apurado. Celso se apresuró a guiarlos a su Seat 600 granate —¡un Bucéfalo recién limpio!—, con el que los condujo a la misma puerta de su casa, sita en un mustio bloque de cuatro plantas de la urbanización de los ferroviarios.

Celso, feliz profesor, diligente taxista y glorioso caballero andante, se marchó cantando a voz en grito un tema de moda: *Mami Panchita*.

A la semana siguiente, tocó el cielo.

Durante el paseo sabatino que, *casualmente*, estaba dando por los alrededores de la urbanización de los ferroviarios, se topó con Miranda Miéramo a la vuelta de una esquina. El solícito maestro se interesó por las tripas de su alumno y luego comentó las inesperadas altas temperaturas. Amparada en esa tibieza, creció, con menos vigor del que creyó Celso, una conversación intrascendente, la cual, unida a la aparente falta de prisa de Miranda, animó al joven a intentar una nueva proeza:

—¿Q..., quiere tomar un café aquí al lado, en la Cafetería Fernández?

El rubor de Miranda hubiera hecho juego con su falda roja... de no haberla llevado verde esa mañana. Su gesto risueño se había disuelto. Vaciló, dudó, sus ojos se movieron inquietos hacia todas partes, pero finalmente aceptó:

—Venga, bueno —fueron sus palabras exactas: a oídos de Celso, tañidos celestes y aleluyas angelicales.

Eran los inicios de 1969. Tan ufano estaba el profesor que su propio entusiasmo le impidió advertir la incomodidad de Miranda durante los quince minutos que permanecieron en la cafetería, o que se pimpló el café en el primero de ellos, o que no dejó de estar alerta.

Y, sin duda por el mismo motivo, al despedirse confundió la sonrisa de alivio de Miranda con la del cariño.

Animado por tamaño éxito, Celso se convirtió en asiduo paseante, cada sábado por la mañana, por el barrio de Miranda. Más que pasear, acechaba, estudiaba, suponía y barruntaba.

Deambulaba por la urbanización de los ferroviarios, husmeaba en el escaparate de la tienda de ultramarinos del final de la calle, olfateaba al pasar ante las panaderías, fingía interesarse por las sardinas de la pescadería, oteaba la carnicería, compraba tres salchichas, curioseaba en la farmacia... y luego repetía el recorrido por cuantos lugares pudiera pisar su amada.

Tanta porfía tuvo su recompensa la mañana, ya primaveral, en la que casi se dio de bruces con ella a las puertas de la droguería.

—¡Uy, qué casualidad! ¿Qué? ¿Comprando? ¿Le apetece otro café en la Cafetería Fernández? —ametralló, arrastrado por la impaciencia acumulada.

Miranda Miéramo, a quien la sarta de preguntas a bocajarro aumentó el susto de toparse con don Celso y su morrocotudo sonrisón de *ninot* enardecido, exclamó un rotundo «¡No!» que mutó al instante en «¡Bueno, sí!», impresionada por cómo su rápida negativa había demudado el rostro del maestro. Huelga decir que Celso atribuyó el vertiginoso cambio a que Miranda no deseaba tomar nada por ahí con nadie —por eso el instintivo no—, excepto con él —por eso el sí en cuanto lo había reconocido—.

Esta vez el café duró nueve minutos. Y, quizá porque ya no era el primer encuentro a solas en la Cafetería Fernández, Celso, esta vez sí, fue consciente del malestar de Miranda. ¿A qué podía deberse? La joven mamá se despidió con la excusa, que cayó sobre el enamorado como un martillo pilón, de que su marido estaba esperándola.

El recelo de Miranda era lógico —se dijo el joven profesor al quedar abandonado—. Era la segunda vez que iban a la misma cafetería y a ver qué iba a pensar el señor Fernández, que sin duda era el tipo con mostacho y manchas de vino en la camisa de detrás de la barra. Miranda era una mujer casada, detalle que Celso había dado por supuesto. Ella misma lo acababa de reconocer. Mostrarse juntos en su barrio podía causarle problemas o, cuando menos, hacerla pasto de las habladurías a las que, a falta de mayores emociones, tan aficionados eran los santaclarenses.

Aquel breve encuentro fue el primer fiasco para Celso. Por lo precipitado y, también, porque le dio en rumiar que la alusión al marido había sido una advertencia velada: verse no solo era difícil, podía ser imposible. Hasta ese momento Miranda nunca se había referido a su esposo, ni él lo había mencionado, como si de mutuo acuerdo ambos hubieran obviado su existencia. La triste verdad era, sin embargo, que Celso llevaba ya más de un año confundiendo la realidad con sus deseos, descubriendo pistas y señales en cada dato y en cada omisión, dando por hecha la atracción mutua y previendo que su romance con Miranda germinaría y florecería como amor huracanado en cuanto tuvieran ocasión. Eso sí, sería un amor condenado a la clandestinidad. Esta perspectiva lo apenaba, por supuesto, pero no le importaba, y seguro que a ella tampoco: en los inminentes encuentros furtivos encontrarían la ilusión y la fuerza necesarias para la espera. Eran jóvenes y pronto vendrían nuevos tiempos —se decía, arrastrado por la épica del amor idealizado—. Todo cambiaría rápidamente: las leyes, las costumbres, los usos sociales, los valores… Si todo iba bien entre ellos, Miranda volvería a ser libre, y entonces… Aquel prometedor futuro bien merecía pagar el precio de unos años de esfuerzo.

Pero, en todo caso, por ahora debía ser consciente de la incomodidad de Miranda cuando se dejaban ver en público, y de sus razones. Por lo pronto, debían olvidar la Cafetería Fernández y, seguramente, cualquier otro antro de aquel pequeño barrio donde todos se conocían y cualquiera podía ir con el chisme a quien fuera. Bueno, ¿chisme?, ¿qué chisme? ¡Valiente cotilleo sería ese, si las ansiosas pieles de los amantes todavía no habían llegado ni a rozarse! ¡Vaya mierda! Pero no, no podía desconocer cómo de maledicente era ese mundo cuajado de cotorras. Así que… ¿qué hacer?

De aquello hacía casi seis décadas —pensó confusamente el anciano, sintiéndose ridículo—. ¡Tantos miramientos como había tenido él, tanta prudencia como había observado Miranda, tantos obstáculos para intercambiar unas pocas miradas y aún menos palabras, y ahora, en cambio, cualquiera se iba con cualquiera a cualquier sitio! A comer, a cenar, al bar, al gimnasio, al club de lectura, a conciertos, a taichí, a cursos de cocina, de excursión a montes recónditos…, ¡hasta de viaje a ciudades y hoteles ilocalizables! Las esposas tenían amigos, los maridos amigas, los desconocidos coqueteaban sin rubor, los jovenzuelos retozaban antes siquiera de haberse presentado… ¡Quién diría que el mundo era el mismo y que Santa Clara seguía siendo Santa Clara!

En su ofuscación, mezcló con estos agitados recuerdos el *Manifiesto por la lectura*, a Vargas Llosa y al padre Justiniano y el agradecimiento de aquel Rafaelito sesentón… Don Celso, aturullado a sus más de noventa años, sin dejar de esperar noticias sobre si Miranda seguía en este mundo, atinó a proclamar con orgullo:

—Y Camus. Cuando recibió el Premio Nobel también Albert Camus se acordó de su maestro. Señor Germain, me parece que se llamaba. Camus, que había sido un niño pobre, le escribió una carta de agradecimiento que aún se conserva. Me la enseñó hace poco una cuidadora en su teléfono, como yo fui maestro…

Expuesto lo cual, sin aliento y aturdido como si la orgullosa parrafada lo hubiera desorientado, cogió fuerzas hinchando su débil pecho para volver a preguntar:

—Y tu madre, ¿aún vive?

Con la Cafetería Fernández en el pasado, improvisar una nueva tutoría había envalentonado al joven Celso. Las últimas jornadas del curso, al finalizar las clases, se había atrevido a escoltar a sus pequeños alumnos hasta el patio; y no hubo día en que no se detuviera a intercambiar frases corteses con Miranda y las dos madres que solían acompañarla. Nada comprometedor: el tiempo, si los niños se habían portado mejor o peor, lo rápido que crecían…, esas cosillas. A Miranda la veía incómoda, y a sus acompañantes, algo sorprendidas. Lo primero lo atribuía Celso a que toda aproximación pública iba contra el secreto que precisarían en cuanto encontraran el modo de seguir intimando; y al eventual chismorreo sobre que, de un tiempo a esta parte, el maestro era demasiado amable. Sin embargo, todo esto era en esas fechas un problema menor para él, porque el curso estaba a punto de acabar. ¿Y cómo ver a Miranda a partir de entonces? Algo debía hacer, algo debían acordar. No podía pasar otro verano deambulando por las calles, cocido en su propio sudor y paseando salchichas. Por eso citó a Miranda en el pequeño despacho de la tutoría tres días después de terminar las clases, para hacerle los últimos comentarios respecto a Rafael, claro, y también…

—Si te parece —le dijo, tuteándola por primera vez cuando, ya de pie, habían intercambiado las palabras de despedida—, podemos vernos esta tarde o mañana en alguna de las cafeterías del centro.

El cada vez más frecuente trato —que no la atracción, como suponía Celso— había ido limando las protocolarias distancias. Probablemente por esto, y por la poco sospechosa intimidad que el diminuto despacho escolar ofrecía, esperaba escuchar la poesía de un sí en los sonrientes labios de Miranda, pero el poema que esta recitó, amparada precisamente en esa intimidad y en el hecho de que Celso ya no iba a ser profesor de su hijo al curso siguiente, fue:

—Oiga, que yo soy una mujer casada, que tengo marido y estoy muy bien con él.

El resto lo añadieron lo ofendido de su rictus y lo agrio de su tono. Quedó Celso demasiado estupefacto para salvar la distancia entre las ensoñaciones meticulosamente cultivadas durante un año y medio y la realidad, y escuchó como en un sueño:

—Muchas gracias por su trabajo con Rafaelito. Que pase usted un buen verano.

—Bien, bien. Mi madre está bien. Ya bastante mayor, claro. Con achaques, pero bien —dijo por fin Rafael, restando importancia a la progresiva decrepitud de su madre por si la salud del profesor, como parecía, era peor.

Don Celso quedó rígido, pero con el corazón dando brincos. Con voz cuyo aplomo contrastó con su menguado cuerpo, preguntó:

—¿Vive contigo o está en alguna residencia?

—Aún vive sola. Va una chica unas horas todas las mañanas para hacer las tareas de la casa, pero todavía se puede valer por sí misma. Hasta cocina y todo.

Nada escuchó don Celso, sino la palabra *sola*. Y por confirmar lo que evocaba tartajeó, emocionado:

—¡Ah, vaya! ¡Qué bien! Me alegro. Entonces tu padre… Rafael vaciló.

Don Celso, que desde aquella lejana mañana de junio todavía no había sido capaz de recorrer la distancia entre sus viejas ensoñaciones y la realidad, se tensó hasta el límite. Mira que si el padre de Rafaelito no se había muerto…; mira que si estaba, jodido o atontado, en algún geriátrico… Si aquel sujeto no hubiera existido, él se habría casado con Miranda, quien —¡cuánto le había costado comprenderlo aquel verano!— lo había rechazado porque en aquellos tiempos, en aquella época sin divorcio y que ahora le parecía tan cateta, una aventura extramatrimonial podía ser un suicidio civil. Y además estaba el niño, Rafaelito, ese hombretón gordo sentado a su lado. Sin aquel marido y padre, sin aquel individuo del que nunca había querido saber ni el nombre, los últimos cincuenta y tantos años hubieran sido incomparablemente felices y ahora no estaría él allí, solo, esperando que la vida le pasara por encima en un parque solitario, junto al cementerio, sin nada que hacer más que tomar el sol y espantar moscas hasta el momento de irse al hoyo.

La diferencia entre la vida imaginada durante casi seis décadas y la vivida casi lo hizo desfallecer: había tenido rapidez de reflejos para preguntar por aquel hombre, pero esperar la respuesta lo estaba corroyendo. En el interior de su débil cuerpo el corazón

parecía chocar y rebotar como una enloquecida bola de *pinball*. Se
asustó. ¡No, no podía darle un infarto ahora! ¡Justo ahora, cuando
por fin iba a saber algo de Miranda! ¡Cuando casi con toda proba-
bilidad iba a saber que Miranda, por fin, era libre!

Rafael carraspeó. Luego dijo con voz suave:

—No conocí a mi padre. Murió unos meses antes de que
yo naciera.

De vuelta a casa con el *Manifiesto por la lectura* en el bolsillo,
Rafael se sentía molesto consigo mismo.

La razón la conocía. Una vez más, tras mencionar a su padre
no había dicho palabra del segundo marido de su madre, el maquinista de tren que se casó con ella cuando Rafael solo tenía tres
años. Reconocía en aquel hombre a un buen marido que le había
hecho la vida más sencilla y feliz a su esposa. ¡Pero su padre era
el señor de las veintitrés fotos en blanco y negro que guardaba
con arrobo!

En cuanto a Florencio, el maquinista, siempre lo había visto
poco. Pasó de desconocido a *padre* de un día para otro. Luego, durante años, fue una presencia extraña: estaba poco en casa porque
hacía largos recorridos. Y finalmente, cuando Rafael se adentró
en el periodo vital donde la razón se impone a la emoción —¡hacía
ya más de treinta y cinco años de eso!—, murió de un infarto durante un trayecto a Valladolid, a la altura de Cabezón de Pisuer-
ga. No tuvo ocasión de conocerlo realmente, así que nunca había
llegado a interiorizarlo más que como un perenne intruso en su
infancia. Era injusto sentir eso y callar su nombre como si nunca
hubiera existido, como si no hubiera sido el marido más duradero

de su madre, pero... En fin, ¿qué iba a hacer ya?, era superior a sus fuerzas. Mencionar a Florencio era como borrar a su padre, como si su padre no tuviera derecho a ser recordado tras el segundo matrimonio de su madre. Siempre le había costado hablar de él y no iba a cambiar ya a estas alturas. Probablemente don Celso se habría quedado con la impresión de que su madre y él mismo, de niño, habían atravesado solos aquella época tan complicada para las mujeres viudas y llevado una vida más dura y difícil de la que realmente habían vivido.

Pero bueno, qué diablos, no debía fustigarse. De hecho, no había tenido ocasión de aclararle a don Celso absolutamente nada. Al decirle que no había conocido a su padre, el anciano profesor se había quedado tieso como un palo reseco. Primero parecía haber dejado de respirar, y acto seguido le había entrado un violento tembleque. Luego, probablemente porque la mención de la muerte le había recordado la inminencia de su propio fin, había derramado dos gruesos lagrimones.

—¿Le pasa algo? —le había preguntado Rafael, decidido a no mencionar ni un solo muerto más ante aquel anciano de rostro repentinamente cadavérico.

Don Celso, conmocionado, logró farfullar:

—No, no. Son los años. A estas edades... Bueno, voy a tener que volver a la residencia.

«Y a la realidad de la que hace tanto me escapé», añadió para sí mismo, con una amargura que lo alzó del banco con una agilidad torpe pero que no recordaba haber tenido en la última década.

—¿Quiere que lo acompañe?

—No, no. No hace falta. Muchas gracias, Rafaelito.

Y en este punto el anciano, aunque su antiguo alumno no lo
supiera, no se había atrevido a enviarle recuerdos a Miranda.

Don Celso, ya de pie, lanzó una mirada dolorida, casi sollozante, al antiguo alumno al que durante tantos años había imaginado como hijo. Rafaelito le devolvió otra emocionada, pensando que aquel hombre, el hombre que le había enseñado a leer, se estaba despidiendo de él para siempre y también, a través de él, de todo lo que había hecho en la vida, como enseñar a tantos niños a leer, es decir, a vivir. ¡Pobre hombre! Sin duda a su edad casi todas las despedidas eran ya definitivas.

Por eso temblaba.

Don Celso comenzó a alejarse con cortos pasitos, que arrastraron diminuta gravilla y levantaron polvo, y se despidió con un gesto acompañado de un «Adiós» susurrado.

—Me alegro muchísimo de haberlo visto, don Celso, de verdad. Que pase usted unas muy buenas fiestas. ¡Y feliz año nuevo!

—Feliz año nuevo, Rafaelito —le contestó, ladeando apenas la cara, el hombre que le había enseñado a leer—. Y bueno, sí, ¡dale recuerdos a tu madre!

Este
libro
se
terminó
de
imprimir
en
los
talleres
de
Gráficas
Alós
(Huesca)
a
la
luz
melancólica
de
diciembre
del
año
2024.

MAGISTER DIXIT